日々ないろ
心の絆

上野明子
Ueno Akiko

文芸社

目次　日々なないろ　心の絆

第一章　日々なないろ　心の絆

子育て支援ボランティア

私は、公民館で行われる子育て支援の取り組み、「おじゃまる広場」にボランティアとして、平成二十四年から参加しています。でも、このところ体調不良で、よく休むようになりました。平成二十六年の年末に、役員の方から、ボランティアメンバーのお食事会にお誘いいただきましたが、「ご親切にありがとうございます。まだ少し体調がすぐれません。来年三月まで休ませていただきます」と答えました。

年が明けて、三月中頃に役員の方から、「上野さん、もう、そろそろ顔を出してくださいよ」とお電話をいただきました。私は、そのお誘いのお言葉が嬉しくて、気持ちが楽になり、心が晴れ晴れとするのを感じました。

久しぶりに「おじゃまる広場」へ行きまして、会長さんを始め役員さん、会員さんに「長い間お休みをいただきました。おかげさまで気持ちも落ち着きました。本当にありがとうございます。これからは、できる限り参加させていただきます」と言うことができました。

その日は、一年間の反省会と、今年度の行事発表があり、役員改選などがありました。軽い昼食のあと、今後の行事計画の発表がありました。

これからまた、皆さんと一緒に、子育て中の親子さん達と触れ合うことができると実感し、楽しくなってきました。

次の週は、平成二十七年度に向けて、子供さんの名札を作り直しました。皆さんと話し合いながら作るのが嬉しかったです。私も心の中で「今年は休まずに来よう」と誓いました。四月の開講式が楽しみです。

四月、開講式の日。十時頃から親子さんが来られます。受付で手帳に名前を書いてもらうと、役員さんが写真を撮って、手帳にスタンプを押します。あとは楽しく、時間の許す限り遊んでいただきます。

ある会員さんから、「上野さん、○月○日の午前中に、幼稚園のお手伝いに行っていただけませんか？」と言われました。「私、できるでしょうか」とお伺いしますと、大丈夫ですよと言ってくださいましたので、参加することにしました。

次の会合の時に、幼稚園での仕事内容の用紙をいただき、「レクリエーションのお手伝い」とわかりました。

私は、十時三十分～十三時の「ワークショップ」の係です。

お誘いから数日経って、幼稚園の育友会の会長さんから、「〇月〇日の午後、会場へ来てください」と電話連絡がありました。バザーの品物を見に来るようにとのことです。バザー当日になると好きな物がなくなるから、係の特典として先にお取りくださいい。ただし、二点までですということでした。私はタオルとハンカチを買って帰りました。

二、三日してからスーパーへ行きますと、「おじゃまる」でいつもお世話になっている方にお逢いして、「上野さん、おじゃまるの『気になるサロン』に来られなかったですね。その日は雨降りだったから無理だろうと思っていました」と言ってくださいました。「気になるサロン」は月二回行われる子育て相談の場で、身長・体重など発育の状態を測定するほか、お茶やお菓子を楽しみながら、輪になっておもちゃで遊んだりします。最後は、使っていたおもちゃを一緒に消毒して終わりです。

ちょうど幼稚園と重なったこと、次回には参加させていただきますと話しました。「毎回来られる方が欠席すると、何か抜けたような気分になって寂しいから」と言ってくださいました。

次の「おじゃまる」の会に行きますと、皆さんも来ておられました。保健室の方も来ておられて、「おはようございます、いや遅うございます」と言いまして大笑いをしました。これで安心したと、町の保健室の方も両手でタッチをして迎えてくださいました。私のことを気にかけてくださって嬉しかったです。濡れ落ち葉にならぬように、身体を鍛えようと思いました。

そうそう、幼稚園のことを少し書いてみます。レクリエーションの種目は、外で、アンシンダー（ご当地ヒーローのショー）、バザー、的当て、おもちゃやお菓子、ジュースの販売、おもちゃ釣り、人形釣り、水鉄砲、迷路で、室内での係は託児、職員室係、受付などでした。ジュースの販売とワークショップ、託児は私と同じ、おじゃまるのボランティアが担当しました。

私の担当は十時二十分〜十三時まででした。

ワークショップのお手伝いの手順マニュアルは、次のとおりです。

①園児（保護者）からチケットをもらう。

②紙袋（大）＋紐二本、紙袋（小）＋紐二本、うちわ（ピンク、オレンジ、青、白、黄）のどれかを選んでもらう。

③飾りセットを渡す。

④折り紙、糊、はさみなどを使って自由に工作してもらう。混んでいる場合は、一人十五分くらいを目安に声かけをし、交代してもらう。

園長先生と私の当番の時には、親子さんがたくさん来ました。園長先生から「お客さんです」と言われて、私は早速、「いらっしゃい。どれにしますか？」とお聞きしながらチケットをもらい、飾りセットを渡しました。紙袋やうちわに飾りを付けたり、アンパンマンやきかんしゃトーマスなど、いろいろな絵を描いたり、花や星の形の紙を糊で貼ったり、皆さん、いろいろと考えて上手に作っておられました。

園児の一人が園長先生に、「先生、おばあちゃんがいろいろな味のおにぎりを作るって言っていたよ」と言いますと、園長先生は、「それはおいしそうだね」と答えました。そこへ私が、「おばちゃんもごちそうになりたいね」と言うと、「そうだね、お米一升洗ってと言ってね」と園長先生も笑いながら話します。「そう、私、冷凍のメンタイコがあるよ」と私が言うと「それはおいしそうだね」と大笑い。そんなおしゃべりをしながらの楽しい創作でした。

知り合いの親子さんも来られたので、「いらっしゃい、お久しぶりです。何をなさいますか？　頑張って作ってください」と言うと、親子さんもにこにこして作っていました。

私は皆さんが工作しているのを見て、東北の震災の時に見た牛乳パックの灯籠のことを思い出しました。このことを園長先生に話しますと、一度写真を見せてくださいと言われ、私はコピーをして幼稚園へ持っていき、園長先生にお見せしました。先生は、きれいだねと感心されていました。

私が、「また、幼稚園で何か行事があれば見に来たいねえ」と言いますと、運動会に来てくださいよと言ってくださいました。楽しかった思い出を心の中に収めて帰ってきました。

こどもフェスタ

当地の街おこしイベントで、子育て応援「こどもフェスタ」が開催されました。公民館の多目的ホールのロビーでは、ミニ四駆、子育て診断、授乳室などを設けるほか、次のものを行います。
①ミニSL乗車体験～約四〇メートルを往復乗車。
②記念写真コーナー～パトカー、消防自動車と記念写真を撮ろう。
③展示販売コーナー～手作りの小物雑貨などの展示、販売。
④飲食コーナー～焼きそば、フランクフルトソーセージ、ポップコーン、缶ジュースなどの販売。

⑤舞台（パフォーマンス）～音楽隊演奏、踊りなど。

また、「いきいきオレンジマーケット」も同時に開催されました。

商店街であるオレンジ通りも以前は栄えていましたが、少しずつ人の集まりが少なくなっています。この機会に以前のように人を呼び戻そうと、実行委員会が発案したのです。趣旨は、「オレンジ通り商店街を中心に開催することにより、地域に賑わいを作り、人と人とのつながりを強くし、地域が全体となって子供がすくすくと育つように応援すると共に、住民が安全で安心して暮らせる明るい街づくりの推進のため」というものです。

展示、イベントには次のようなものが企画されました。

○獅子舞。一回目は十時、二回目は十三時。
○ジビエ料理のふるまい、十一時。
○和太鼓演奏は十四時三十分。
○からあげ、ジュースなどの販売。
○猫譲渡会（ひだまりにゃんこ主催）。

「おじゃまる」からは、午前二人、午後二人の参加で、主に子供の見守りお手伝いです。お母さん達がイベントやお店の手伝いをされるので、その間、お子さんの様子を見るということで、私も参加させていただきました。

二人で、会場内や商店内を一回りしてきましょうと言って、ブラブラと歩いて公民館広場などへ行きました。知り合いに「お互いに頑張りましょう」「ご苦労さんです」と挨拶をし、頭を下げながら、広場へ帰ってきました。

終了時間に近づいた頃、「ミニSLに乗車体験しませんか？　料金はいりません」と言われましたので、知り合いと乗せていただきました。私にとっては初めてのことで子供に返ったような気分でした。ミニSLが「重たい」と言っていないかなあーと思いました。

係の方が、昔の石炭車の匂いがするなあーと笑いながら言っておられました。

料金は一回五〇円でしたが、目標額を達成したからとのことで、私達は無料でした。楽しい一日の終わりでした。当日の売上金は、子供育成事業の基金にプールして役立てるとのことでした。

幼稚園の運動会

ある日、「おじゃまる」のミーティングの時に、会長さんが幼稚園の運動会に行ける人はいないかと聞かれましたので、私は「園長さんと運動会に行くと約束したので、行きます」と返事しました。「上野さん、大丈夫ですか」と心配をされましたが、「ハイ、行きます」と言いました。

また、公民館祭りの二日目に共同募金に立てる方はいませんかとも言われ、「私、行きます」と返事をしますと、無理しないでねと言ってくださいました。昨年度はよくお休みをいただきましたし、心配をしてくださっているのです。

私には何もかもが初めてのことですから楽しみです。

幼稚園の運動会当日は、親の目が届かない場所、プール、トイレなどの見守りを二人ずつでしました。園児達も楽しそうにお遊戯したり、走ったり。「おじゃまる」に来ていた園児達も上手に楽しそうにしていました。早い成長ぶりに感心しました。

少し肌寒い日でもありましたが、約束の二時間もアッと言う間に終わり、次の方と交代しました。帰りには、お弁当とお茶、記念品をいただき、園長先生にお礼を言って帰りました。

我が家に園児がいたら、ゆっくりと見るのですが……。また、次回、何かの時に行くことにしましょう。

他の子供支援の場へ

友達が「ドライブしようか?」と誘ってくれました。嬉しいなあと思いましたが、「私は運転できないから、あなたに悪いなあー」と言いますと、「気にしない、気にしない」と言ってくれ、美旗《みはた》市の子育て広場の「みはたっこ」へ行きました。

「おじゃまる」と同じように小さなお子さん達が遊具で遊ぶ場です。窓から外を見て「今、電車が走っている」と言って嬉しそうにしている子供さんもいました。

時間がくるとお片付けをして、音楽に合わせて手足の運動をして、終わりでした。

子供さん達は楽しそうに運動していました。友達と私もありがとうございましたと言って、帰ってきました。

また、ある日、「おじゃまる」に行くと、会長さんが「『かがやき』へ行ける人はいませんか？」と聞きます。「かがやき」は、名張市のこども支援センターの名前で、「おじゃまる」でも七夕とクリスマスに紙芝居をしてもらっています。

会員さんと私とで「かがやき」に行ってみますと、係の人が案内してくださいました。子供さんが遊んでいたりベッドで寝ていたりといろいろで、庭には小さいプールと砂場など遊ぶところがありました。

施設内にはたくさんの絵や写真が飾ってあり、広いスペースで楽しそうでした。月に一回、「かがやき」から「おじゃまる」に来てくださる方にお逢いして、挨拶をしました。ゆっくりしてくださいよ、と言ってくださいました。

「かがやき」のあと、私の知らなかった「赤目四十八滝」を少し回ってきました。これは、名張市赤目町の渓谷にあるいくつもの滝のことで、忍者の里として人気のスポットです。途中で昼食をとりながら、私の二冊目の本の話などができました。それぞれの経験を話し、苦しみながら鍛えられてきたことなどを実感し、これからは自らの力で頑張るということにしようと励まし合い、帰ってきました。こうして話し合えたおかげで、すっきりしました。お世話になりました。

公民館祭り

秋に公民館祭りが二日間ありました。私は、「奈垣《ながき》朝市」の二日目に行きました。たくさんの人出にびっくりしました。

その中に顔見知りの方もおられました。私は共同募金に立つのも初めてです。知り合いに教えていただき、六人で、二人ずつ組んで「募金お願いします」と声を出しながら立っていました。募金をしてくださった方に、ありがとうございますと言って箱を出す者、赤い羽根を渡す者とに分かれて行いました。慣れるまではどうしようと思っていましたし、これでいいのかなあ……と時間になるまで迷っていましたが、どうにかできたように思います。

午後は大広間で、日本舞踊、ダンス、カラオケ、大正琴の演奏などがあり、この催しは初めて見せていただきました。

皆さん、いろいろな会に入っておられました。

「おじゃまる」の方が、「上野さん、公民館の大広間での書道作品展を見に来てくださいね」と案内状を渡してくださいました。友達に「行かれますか？」とお聞きしますと、「そうね、二日目の十一時に待ち合わせしましょうか？」とのことでしたので、一緒に行きました。

当日、会場内を見て回りますと、皆さんお上手に書いておられて、とても真似できないと思い、私は恥ずかしくなるくらいでした。初めて見せていただいて、うっとりとしました。

「よく来てくださいましたね。ゆっくりしてくださいよ」とコーヒーとお菓子をいただきました。でも、あまりゆっくりもできず、お礼を言って友達と帰ってきました。

広報紙に写真が載って

「おじゃまる」の「気になるサロン」が月二回、毎月第二週には当地の「北集会所」、第四週には「南集会所」で、それぞれ金曜日にあります。

私も今年は体調もよく、参加させていただいております。親子さんと町の保健室の方と「おじゃまる」から数人、その日によっていろいろです。

親子さんには会費一〇〇円をいただいて、そのお金で、コーヒー、ジュース、ココアなどを用意し、会長さんが手作りお菓子を持ってきてくださいます。他に、いろいろなおやつも用意されて、楽しくお話をしながら寛いでおられます。

私達もお相手をして、楽しくさせてもらっています。テーブルを囲んでお話をしていますと、公民館の館長さんが来られて、会長さんが作ってこられたお菓子の前で写真を撮りますと言われました。私がテーブルについていますと、「上野さん、横を向いて座って」と椅子を横に向け、写真を撮ってくださいました。

ある日、当地の広報紙がポストに入っていました。ページをめくっていますと、確かに恥ずかしい私の顔が写っていました。「あー、私の顔も世に出た」と思いました。「公民館長さん、ありがとう」と心の中でお礼を言いました。

クリスマス会

十二月、私が「おじゃまる」に入会して初めて体験する「クリスマス会」がありました。クリスマス会の準備ですと言われた時は、何をどのようにするのかが楽しみでした。プレゼントの品物に名前と、男の子用と女の子用がわかるように色別のシールを貼った袋を一〇〇人分作っていき、最後にリボンを結んで出来上がりです。

簡単そうに思いますが、初めての私にとっては大変な手作業でした。それをまた男性の方が「ア・カ・サ・タ・ナ」の順に並べ変えてくださいました。

そのあと、コーヒーをいただきながら、クリスマス会のあとのお食事にどこへ行くのかを決めておられました。ボランティア達の忘年会といったものです。私は「洋食だったら欠席です」とはっきり意見を出しました。「それでは和食にします。全員に出席していただきたいと思います。皆さん出席してください」と言われました。あとで、会長さんに「勝手なことで、ごめんなさい」と言いますと、「上野さんは、この一年頑張ってくださったし、当然です」と言ってくださいました。

クリスマスの当日、ボランティアの皆さんは赤い帽子に赤いエプロンをして、親子さんをお迎えしました。

男の人達も赤い帽子に赤いエプロンで白いヒゲをつけて、親子さんと一緒に記念撮影をしたりして楽しそうでした。「かがやき」さんも来られて、紙芝居を見せてくださいました。

なぜかしら、今日は一段ときらびやかです。楽しいクリスマスで、子供達もプレゼントをもらって嬉しそうでした。私は「かがやき」さんともお話ができて親しみを感じました。

楽しいひとときを過ごさせていただきました。終わったあと、皆さんそれぞれの車でお食事処まで行きました。会費は千円で楽しいお食事でした。幹事さん、お世話さまでした。

第二章　自分に勇気を

展覧会

「おじゃまる」の役員の方が、「上野さん、もし時間があれば絵を見に来てくださ い」と、チラシをくださいました。「彩《あや》の会」というグループの展覧会で、絵を出展される方は十四名でした。

チラシをいただいて見に行こうと思ったのですが、私は運転もできませんし、どうすることもできず、諦めていました。

私は「気になるサロン」の時に歩いて会場へ向かいます。役員さんが「お誘いしているのに、上野さんは、私の車に少しも乗ってくれません」と言われたことがありましたが、私は甘えていいものだろうかと迷っていたのです。

でも、展覧会のことで決心して、役員さんにお電話しました。甘えさせてもらってもいいですかと話しますと、「見に行ってくださるのね。ありがとう。まだ日がありますし、次の会にお逢いした時に日時を決めましょう」と言ってくださいました。それから友達にも展覧会の話をすると、では一緒に行きましょうと快い返事でしたので、役員さんに二人で伺いたいとお話ししましたら、「ありがとう。そうしていただけたら嬉しいです」と言ってくださいました。

当日は、メッセージを書いた花束をご本人に、「おめでとう」と言って渡しました。すると、喜んでくださって、会場のまん中に飾ってあるヒノキの前に置いてくださいました。

「彩の会」の皆さんの絵は、あまりにも上手に描かれていてびっくりし、目の保養になりました。見に来ている人の中にお子さん連れがいたので、「おじゃまる」の友達と一緒にお子さんの話し相手もしました。

「おじゃまる」の方もたくさん来られました。たくさんの方が見に来てよかったねと思いました。

会場ではフルート、サックスなどのアンサンブルコンサートがあり、大きな拍手が起こりました。お昼を食べるところは会場の外にありますから、私達の昼食の間、話し相手をしていたお子さんは代わりの方に見ていただきました。

午後は四時頃まで、お子さんと遊んでいました。夕方、少しずつ後片付けが始まり、お手伝いをしました。「彩の会」の皆さんは後片付けで大変だったようです。役員さんは、「お花、ありがとう。いただいて帰ります」と言って車の中へ持っていかれました。

私にとって、展覧会を見て、さらにお手伝いをするのは初めてのことですから、よい思い出となりました。「彩の会」の皆さん、ありがとう。

字のコンプレックス

書道や絵画を見せていただいて思ったことがあります。

それは、四十五年ほど前のことです。当時、私は農業クラブに参加していました。よそのクラブとの合同の話し合いで、「なんでもいいから気がついたことを書いてほしい。また、書記を頼む」と言われ、なんとか務めましたが、思うように書けませんでした。

それを、面白半分に見に来る人がいました。「仕方がない。私は字が下手なのだから」と諦めておりました。

数年後、結婚して、子供の小学校育友会で学年委員や同和問題の係になり、記録を担当することが何度もありました。また、中学校でも同和委員になり、何度も会議がありました。そのつど記録して提出してくださいと言われ、「字が下手で恥ずかしいですが、読めますか？」と担当の先生に渡しました。「うん、これで大丈夫や」と言っていただき、私はその時、胸を撫でおろしました。

また、ＪＡの幹事をした時、一年間の記録を書いて次年度の方に引き継ぎする際も、私は恥ずかしかったです。あの時、なぜ引き受けたのかと、今も思い出して悔やまれます。

何をしても字を書くということが大切だとわかりました。父にもよく、字を丁寧に書くように言われていました。

家庭の事情で息子と家を出てから、私はいろいろな人に助けていただきました。

裁判所の帰りに、ある駅で知り合いに出逢いました。お互いにびっくりして、ブラブラと歩いて一緒に昼食をいただきました。その時、「上野さん、まだ字、下手か」と聞かれたのです。思わず「うん」と答えましたが、そのあと、相手は黙っていました。私は悲しくなり、今の住所も言わずに電車で帰ってきました。

帰って息子に、ある人に出逢って「まだ字が下手かと聞かれた。うんと答えた」と話しますと、息子は、そんな人を相手にするなと言いました。

こんな私の手書きの原稿が本になるなんて、思ってもみませんでした。とても嬉しいです。

それに、何かと自信をつけてくださる「おじゃまる」の皆さんにもお礼が言いたいと思います。いろいろとありがとうございます。こんな私ですが、よろしくおつき合いくださいませ。

人との和

あいかわらず、お顔を知っている人を見かけると、「こんにちは、お元気でしたか？」と挨拶をする私です。

ある人から「お宅はアロエを毎日食べていると聞いたことがあります。今も食べておられますか」と聞かれ、「ハイ」と答えますと、「うちは、たくさんアロエが伸びたけれど持って帰りますか?」とおっしゃいます。「ありがとうございます。嬉しい、いただきます。これからスーパーへ行きますから、帰りにお寄りします」と言って買い物に行き、そのあとで伺うと、持ちやすいように袋に入れてくださっていました。「もらってくださるだけで嬉しいんです」と言われ、ありがたくいただいて帰りました。

十日ほどしてからスーパーの帰りに、私が書いた二冊目の本と、ご主人用に飲み物を持っていきました。「あなた、本を書いているの?」と驚かれました。「お忙しいでしょうが目を通してください。アロエありがとうございました」と言って帰ってきました。

私は名前も言わず、相手のお名前も聞きませんでした。よくお目にかかる方と思って挨拶をするだけ……と思っていました。

また十日ほどして、買い物に行く時にお逢いしました。私の顔を見るなり、「この間は本をいただきましてありがとう」と言われ、私も「アロエありがとうございました。毎日食べております」と言いまして、私はこんな人間ですと自己紹介をしましたら、「本を読みましたから、よくわかっていますよ。また、アロエはどうです？」と言われたので、私がありがとうと返事をすると、すぐに「早く買い物をしてきて」と言ってくださいました。買い物帰りにその方の家まで行きますと、ご主人が車で私の家まで送ってくださいました。

こんな親切にしていただいて申し訳ないと思いました。でも嬉しかったです。家族のような気持ちがしました。

アロエの植え替えもしました。そして、三日ほどしてから買い物に行っての帰りに三冊目の本と飲み物を渡して帰りました。

私は当地へ来てから心から話し合えるという方は少ないので、嬉しく思いました。少しずつ人さまにお逢いして、お話を聞こうと思っています。

以前に住んでいた北の地域の近所の方から、「○○さんにお聞きしたのですが、上野さん、本を出されたそうですね。一冊見せてくださいな」と言われましたので渡しました。「上野さんが本を書いておられるとは思わなかったよ。あなたのふるさとは今でもこっち（北）よ。今度○月○日に北集会所で『北サロンカレー亭』という催しがあるのよ。来てくださいな」と誘っていただきました。

当日、よく歩き慣れた疎水の横の道路を下っていきました。この疎水は大雨が降ると、ゴーッと音がしてテレビや電話の声も聞こえなくなる、なかなか立派な場所です。最初に道路の掃除に行った時は、草がよく伸びていました。その時に「お宅が一番よく草が伸びているね」と言われました。「それは前に住んでいた人が草引きをされていなかったからよ」と言い返した思い出があります。この道を通ると思い出すのです。いつ通っても、懐かしいところです。

北集会所の「北サロンカレー亭」へ行きますと、「上野さんが来たよ」と中で話しておられるのが聞こえました。

こんにちはと言って住所と名前と一〇〇円を渡しますと、番号札をくださいました。その時、私にとってはふるさとだから懐かしく、「ただいま」と言いたい気持ちがありました。でも、恥ずかしい気もして、言葉を飲み込みました。知り合いが出てきてくださってホッとしました。

中へ入りますと、たくさんの方がテーブルについておられました。

和室の間で和太鼓の演奏がありました。カレー皿とスプーンが用意され、係の方にカレーを入れていただいて食べました。そのあとでコーヒーとお菓子をいただきました。お世話になった係の方は和室で食べておられました。食べ終わった方から順番に帰りますが、私はあとのほうでした。ありがとうと言いながら頭を下げますと、知り合いが手を振ってくださり、また他の方も同じように手を振ってくださいました。横の方とお話もでき、嬉しいひとときでした。

あとで話をお聞きしますと、私のことを「あの方は、本を書いておられる」という話が出たとのことでした。


南の集会所へ行った時に係の方が、私に「ようお越し」と言ってくれました。今思えば、本を読んでいただいた人かなと思いました。でも嬉しかったです。

私も皆さんの中に入り、少しでもお話ができるということが嬉しくなってきました。

私がスーパーへ買い物に行く途中、近所の方とお会いしたのでいつものようにご挨拶したところ、「あなた、これからお買い物ですか？」と声をかけてくださり、帰りにはお疲れさまと言って、顔を見るなりお話ししてくださいます。私も気持ちよくお話しできる方がいてくださると思い、この道を通るのも楽しみの一つになりました。

ある日、スーパーの帰りに小学生の女の子二人が道路でバレーボールをして遊んでいました。しばらく見ていますと、「おばちゃん、一緒にバレーボールしない」と言ってくれましたが、「おばちゃんがすると二人に迷惑がかかるし、いつ車が来るかわからないよ。親切にありがとう。車に気をつけてね」と言いました。私のような者に声をかけていただいて、ありがとう。嬉しかったよ。

若返った我が家

今の家に住み始めましてから、いろいろな業者のチラシがポストに入ります。時々、チャイムも鳴ります。表に出ますと、「お宅のガス・電気・水道などの領収証を見せてください」と言われます。「私は預かっていません。息子が持っています」とだけ伝えお断りしました。あとになって、別の用件で警察署を訪ねた際に、このことをお話ししますと、警察の方からは「お母さん、その対応でいいですよ」と言ってくださいました。

また、排水のことで「マンホールを見せてください」と言われたこともありました。その時もお断りをしました。その後、巡回で警察の方が来られたのでお話ししますと、そのようなことは相手にしないでくださいと言っておられました。

留守番をしている年寄りを相手にするのが一番の目当てでしょうか?

「お宅の家、壁にヒビが入っていますよ。雨が降ったら、そのヒビから雨が入り、壁がはがれますよ。早く直さないとだめです」と言われた時には、「息子の知り合いにお願いをしております」と答えました。

その時、相手は帰りましたが、「息子さんと話をするまでは……。また来ます」と言い、日の暮れる頃再度来て、息子と話をして帰りました。

私の寝ている部屋の戸が観音開きで、風が吹くとガタガタとして勝手に動き、ついに戸が閉まらなくなりました。すると今度は、別の業者がよく来ました。でも、お断りしました。

私が息子に、知り合いの名前を出して、「〇〇さんにお願いしたら」と言ったのが、二月の寒い時期でした。何度もお電話をして来ていただき、シャッターを付けてもらいました。

次に、壁の塗装について見積もりを持ってきた業者がいました。息子が「〇〇さんに塗装をしてもらうから」と断りました。私は息子に「お金は私が出すから頼んで」と言いました。その時に、「風が吹いたら雨戸がうるさいから、ついでに付け替えて」と話しました。

息子は「年寄りは、お金を持っていると思われているのかなあー」と、役員をしていた時の話し合いの場で言っていたようです。「おじゃまる」に入っておられる奥さんも、「息子さんは、お母さんのことを上手に言っておられたよ」と私に聞かせてくださいました。

息子が頼んでくれた業者の方が工事に来られたのは、六月から七月の梅雨時でした。雨が降ればお休みで、型組とかシート張りをされる時は大変な様子でした。

私の家はバス停の近くなので、工事のためにバスに乗る人にご迷惑がかからないようにと、バス会社に電話しました。「いつご迷惑をおかけするやもわかりませんが、その時はよろしくお願いします」と言いましたら、「わかりました。気をつけて走ります」と言ってくださいました。ひとことのお言葉だけでもありがたいと思いました。

業者の方も道具をたくさん持ってこられますので、私は何かと気が落ち着きませんでした。工事の方に、「私はよく出かけますので、何もできませんが」と言いますと、気にしないでくださいと言っていただき、安心しました。

家にいる時は、十時とか三時に、家にあるだけのものですが、お菓子、果物、飲み物などを出していました。

お天気のよい日に外壁の汚れを落とします。雨戸の鍵はかけないで、窓ガラスの鍵はかけてくださいと言われました。

その日から、水をかけて洗い落としてくださいました。高いところまで上がって大変な仕事だなあーと感心しておりました。

「この家は建てられてから一度も壁の修理はされていない。二十何年経つでしょうか?」と言われました。他の家は二十年の間に二回くらい、壁の塗り替えをするとか、そのような話を聞きました。

知り合いで、「やっぱり今が修繕のタイミングなのかもしれないね」と言ってくださる方がいたので、私も工事をしてよかったのだと思いました。

人に「お宅、家をきれいにしておられますね」と言われると、「ハイ、ありがとうございます。おかげさまで」と話をしています。「でも、あとが大変ですね」など、いろいろ話してくださると、そうだなあと思います。

壁を水洗いし、よく乾いてから、お天気のよい日にロールで丁寧に塗料を塗っていました。私は機械で吹き付けされるのかな、と思っていました。

何度見ても大変なお仕事だと思いました。業者のご主人と息子さんが一生懸命に塗り替えをしてくださって、下から見てもどこにいるかわからず、屋根の上かなと思ったこともありました。奥さんも時々お手伝いに来られていたそうですが、私はお目にかかることがありませんでした。

上から順番に塗り、それが終わってから、「雨戸は持ち帰って、お天気のよい日に塗ります」と言って雨戸をはずしていました。

少しずつ片付けをして、シャッターも新しいのに付け替えていただいたし、もうこれで、風が吹いても気にすることはない、よく寝られるようになると、落ち着いた気持ちになりました。


数日後、「シャッターの音はどうです？」と聞かれ、「静かで楽です」と答えますと、「あー、よかった」と言われました。

「晴れの日が続き、雨戸も塗れたから、はめていきます」と、仕上げをしてくださいました。道具を片付けてから、「これで終わりました。帰ります。また請求書を持ってきます。息子さんによろしくとお伝えください」と言ってお帰りになりました。七月初めに、請求書と屋根、外壁、シャッターの写真を付けて持ってこられました。

私が支払うと言ったからにはと思い、ある金融機関へ一一〇万円を引き出しに行きますと、窓口の人達がキョロキョロされ、「そんな大金、何に使うの？」と言われました。屋根の修理と壁の塗装代ですと話しましたが、「そんなに大金がいるの？」と何度も言われ、私は頭にきました。立派な頭でもないのにと言われそうですが……。

振り込め詐欺に遭ったと思われ、びっくりされていたのだと思います。

私も気分が悪かったです。現金を持っていますから用心のためと思い、バスで帰ってきました。そして、家に大金を置くのもいやなので、すぐに業者さんの家へ持っていって、金融機関でのことを話しました。

「それはそれは、お疲れさまでした。ありがとうございました」と言ってくれました。

ある日、携帯電話の電池が切れかかっていると息子に話しますと、もう買い替えようかと言って、登録している電話番号をメモして全部消しました。息子が電話の会社へ持っていってくれたあと、しばらくすると固定電話のベルが鳴り、出ますと、「オレやけど、携帯電話の番号を教えて」と言ったので、私は思わず、「電話は病院」と答えてしまったのです。あとで「電話は修理」と言うのだったとあせりました。

また、その時「オレ」と言われたので、どちらさんですかと言うと切れました。すぐに電話がかかり、次は息子が名前を名乗って、「あの電話、もう一年電池を入れて使う」ということでした。

私は、息子の声も聞き分けることができなかったのです。情けない留守番おばあさんでした。

息子が帰ってきた時に、「あんたの声がわからず、ごめんよ。あのような詐欺の電話に一番引っ掛かりやすいのは私かもしれんね」と謝ると、息子に、「ごめんごめん、ゆうな」と言われました。変な話に乗らぬように心を引きしめて家を守ることにしましょう。


我が家の前を通りかかった人に、「お宅、部屋数を増したの？」と聞かれましたので、「いいえ、そのまま塗装していただいただけですよ」と答えると、「そう？　前と違うように思ったよ」と言われました。

息子がローンで買ってくれた家です。

塗り替えてもらって家がよく引き立って、こんな嬉しいことはありません。業者の方にはどうお礼を言ったらいいのか。本当にありがとうございます。

私はいつも、朝晩、お天道さま、お月さま、お星さま、田舎のご先祖さまや祖父母、両親に向かって手を合わせています。

「息子がローンで家を買ってくれて、屋根、壁塗りを業者さんにきれいにしてもらいました。我が家の立派なお城を見に来てほしいなあー、いや、月夜の晩にでも大空から見おろしてくださいよ。あのチカチカとした壁の家ですよ。そして息子を褒めてやってくださいね。息子も喜んでいますよ」と。

ご先祖さま、祖父母、両親がいつも守ってくださっています。だから、私は息子と田舎から出てきましたが、一度も苦しいと思ったことはありません。これからも、二人で我が家を守っていきます。

どうか大空から我が家のお城を見おろしてください。元気で暮らしておりますので……。

エコ・バスカード

朝三時頃に息子が仕事に出たあと、外を見ますと丸いお月さんで、きれいな月明かりでした。

三時半頃、バイクの止まる音、ガタンとポストが開いた音がします。新聞配達員さんです。毎日ありがとうと感謝しました。

しばらくして新聞を取りに門まで行きますと、なぜかすっきりとしたような気持ちになりました。いつもだったら眠いなあーと思うばかりなのに……。

洗濯機を回して、私の朝食準備をして、その日はゴミのネット張りの当番だったから、五時頃、まだ月明かりの中、我が家のゴミを持ってネットを張りに行きました。

もうそろそろ散歩の方でも歩かれる時間かもしれないと思っていますと、バス停まで一人の男性が歩いていかれました。間もなくして一番のバスが来ました。「おはようございます。行ってらっしゃい」と心の中でバスに挨拶をして、家に帰りました。同じ月明かりの下であれば、海の向こうの月明かりだったらいいのになあーと、なぜかそんな気持ちになりました。ロマンチックとでも言うのかな?

あーよかった、お月さまがお守りくださっていたのだと手を合わせました。用事も済ませて少し横になろうと思い、お布団の中に入り、今日一日のお祈りをしました。息子が無事一日の仕事が務まりますようにとお願いをして数時間寝ました。その日は一日、気分爽快でした。

でも、五時過ぎと朝早くバスに乗っていかれる方も大変だなあーと思いました。

私も時々六時過ぎにバスに乗ります。ある時、乗り合わせた男性が「エコ・バスカード」を持っておられました。「アレ、定期と違うのですか？」とお聞きしますと男性は、「ハイ。エコ・バスカードを十枚買っています。そのほうが安いのです」と言われました。

私も時々「エコ・バスカード」を買って使っています。券は一万円と五千円があります。年に一回、五月から六月にかけてお得になる期間があり、一万円で一万二五〇〇円分のカードが買えます。私は、スーパーへ買い物に行く時に重宝しています。

時々、買い物バス（コミュニティバス）の運転手さんが、「エコ・バスカード、どうですか？」と乗客に宣伝していました。その時、私もくださいと言いますと、「五千円分が残っていますが、それでもいいですか」と聞きます。「ハイ、一枚買います」と言いました。すると「定期バスの運転手さんからも買ってあげてくださいよ。喜ばれますよ」と笑いながら言われました。ウーン、なかなか楽しそうな運転手さんだなと、私は心の中で笑っていました。

スーパーへ行く時のバスで、降りる時に運転手さんに「エコ・バスカードください」と一万円分を五枚買いますと、「落とさないようにしてくださいよ。ありがとうございます」と親切に言ってくださいました。私もありがとうございましたと言ってバスを降りましたら、頭を下げて発車されました。私は、あー、お金があと少しになったと思いながら買い物に行きました。

スーパーでも「ワオンカード」です。

足りない分だけお金を入れます。でもカードにしてから、お金が早くなくなるような気もしないでもない……。私だけでしょうか？

でも、普通のお店とか病院、薬局では現金ですから、小銭がよくたまります。病院で会計の方に、「すみません。小銭を出させてください」と言いますと、「いいですよ。助かります」と、快く言ってくださいました。「あー、よかった。少し軽くなりました」と言いますと、会計の方が「よかったですね」とニコッと笑っておられました。

このような私ですが、カードなしのお店でも同じようなことを言って、店員さんと顔を見合わせて笑って、ありがとうございましたと言って帰ってきます。

私って少し変なのかしらね。少しどころか、かなり変でしょうか……。

息子にエコ・バスカードをまとめて買ったことを話しますと、「思い切ったこと」と言って笑っていましたが、エコ・バスカードを一枚渡すと、「おおきに、俺も助かる」と言いました。

時々、友達とお食事会に行く時は、そのエコ・バスカードを使用しています。バスに乗る時にお金を出さなくてよいから楽なのです。これまでは買い物、病院へ行くのも現金を支払って乗っていました。

それこそ小銭をよく使いましたが、この頃は便利な世の中になりましたね。

私は車の運転ができないので、日帰り旅行に行く時はエコ・バスカードを使って最寄りの駅まで行きます。それこそ落とさないように心がけております。

ある日、いつもの買い物バスを待っている時に、バスから降りてこられたお客さんが、「あなた、一人で寂しいね」と言われました。ちょうど私と同じバスを待っている方に、今のことを話しますと「一人のほうが楽じゃないの」と言ってくれました。

その時に顔を見合わせて笑いました。

帰りのバスで降りた一緒の方が、お疲れさまと言って、タッチをして「気をつけてお帰りください」と言いました。

遠くの親戚より近くの他人

「遠くの親戚より、近くの他人」とよく言われます。

私が田舎に住んでいた当時、次男一家が来た時に孫が、「おばあちゃん、おばあちゃん」と言って、私が行くところへよくついてきていました。

今は、おばあちゃんと呼んでくれる子もありません。

我が家から離れたところに、息子が前の仕事で一緒だった方で、親戚のような家族がいらっしゃいます。

私が運動のために歩いてお伺いしますと、奥さんが「上野のお母さん、歩いてきてくださったの？」と親切に言ってくださり、私は実の娘に逢えたような嬉しい気持ちになりました。

何の用事もなしで足が向いたというのでしょうか。なんとも言えない優しい言葉で相手をしてくれました。

帰る時には、「お母さん、途中まで一緒に歩こう。いや送っていくわ」と言ってくれました。私はもう「ここでいいよ」と言って帰ってきました。知らぬ間に涙が出てきました。

当地ではよく言う話ですが「送っていって、送られて、『送り狼』になってしまうね」「そんなことをしていると夜が明けてしまうよ」などと言って大笑いしました。

私は当地に来て嬉しいことばかり。

我が家には、もう一件、家族のようなおつき合いをしている、息子の友達がおられます。そのご縁も長く続きますようにと願う私ですが、息子も先方に「おかあーをよろしくお願いします」と言ってくれました。

私は、その家に用事があれば電話します。

ある日、「○○さんですか？　上野です」と言いますと、娘さんが、「ママ、バーから電話よ」と言いました。ママと代わってもらって聞くと、「一昨日、お母さんの家へ行ってきましたのよ。だから、上野さんをおばあちゃんと娘が勘違いをしたのです」とのことで、二人で笑い合いました。

でも、私は嬉しかったよ、「バーバー」と呼んでくれたからね……。

私は、「バーバー」と呼んでもらった嬉しさから、スーパーでセットになった品物を買って、それをクリスマスプレゼントとして渡しました。ママも、娘さんも喜んでくれました。私も「あー、よかった」とホッとしました。心の大切さを知りました。

また、「おじゃまる」の話になりますが。

紙芝居の時でした。ママさん達は紙芝居を見ていましたが、元気な子供さんは走り回っていました。

私が片隅で座って見ていますと、何も言わないのに子供さんが、私の膝《ひざ》にちょこんと座りこみました。また、私が走っておいでと「ヨーイドン」と言いますと走ってきて、私のところへお子さんが飛び込んできました。私は両手で抱えてあげました。「次はママのところへおいき」と言いますと、ママの膝に座り、ママは私を見て笑っていました。

また、女の子も走ってきて私の膝に座り、二人が交互に走ってきて座りました。それこそ、「私がバーバーよ」と言いたいくらい可愛い子供さんでした。「今日は、よい運動したから、しっかりとお昼寝するでしょうね」とママとお話ししました。

「では、またお逢いしましょうね」と言って別れました。

私はずっと「仮のバーバー」でいましょう。今日も嬉しさ倍増の日で、私の心はうきうきでした。

第三章　旅の楽しみ

カニづくしと竹田城

私は気晴らしに、年に三、四回は日帰り旅行に行きます。旅行会社へ電話をしまして、「丹後の料理旅館、○月○日はバスの席、あいていませんか? 私一人ですが」と言いますと、「最寄りの駅からの乗車分で、一人の席があいています。その席を取っておきます。出発までの日がありません。申込用紙と保険の用紙を送ります。当日にお持ちください」と言われました。申し込みはオッケーでした。行くまでの日々は、楽しみで心がわくわくしていました。

丹後の料理旅館「佐竹」で味わう、お一人さま二・五杯の「カニづくし」の日帰りコースでした。バスの中でお酒を飲んで楽しそうにしていた男性の方は、食事の時間には静かに食べておられました。それこそ、どこに座っているのかな、というくらい。よく言われますが、カニを食べている時は、身を取るのに一生懸命で、皆さん静かでした。

食事のあとで、温泉を楽しまれた方もおられましたが、私は座席の横の方と話が弾みましたから時間が早く過ぎたように思いました。個人旅行では、なかなか来られません。よい思い出ができました。

また、日帰り旅行で惹かれるものがありました。

「世界遺産姫路城と天空の城、日本のマチュピチュとも言われる竹田城跡行きの座席があいておりますか？　私一人ですがお願いします」と旅行会社へお聞きしますと、「座席取っておきます」と言っていただき、申し込みできて嬉しかったです。

当日は、朝七時に私は最寄りの駅からバスへ乗り込み、その後、二駅で人を乗せ、それからは高速に乗ります。途中のサービスエリアで休憩となり、朝が早かった方は朝食用のパンなどを買って食べていました。

近くの「山城の郷」という施設まで行き、専用のマイクロバスに乗り換えて、途中の登り口まで行き、それから歩いて竹田城跡まで登りました。

「日本のマチュピチュ」と呼ばれる標高三五三メートルの山頂にある城跡を見学しました。

観光客が多く、旅行会社のワッペンを目当てにしていましたが、誰が同じバスの方かもわからないほどでした。そして、登っていると、足のだるいこと。また、下りにはなんとも言えない、足が踊るくらいのひょろつきさ。でも、ツアーでなければ行けないところでした。

帰りにバスの中から竹田城を見ますと、あれほど高いところまで、よく登ったなあーと思いました。一緒の皆さんも手を振って惜しむような様子でした。

山城の郷から、マイクロバスに乗り換え、また、バスで「神崎農村公園ヨーデルの森」まで行き、農村バイキングの昼食でした。ここで少し足を休めて、次は姫路城です。「世界遺産の国宝、白鷺城眺望」の謳い文句でしたが、私は少し足が重くて、城の中を登るのを避け、庭だけ見学してきました。姫路城は三度目だったし、手を合わせて「ごめんなさい」とばかりにバスのところまで帰ってきました。辺りは人・人・人でした。でも楽しい旅でした。

京都の秋

京都・嵐山へ行った時のことです。遊覧船に乗り、「ここは、いつ来ても美しいところだなあー」とキョロキョロと見ていますと、提灯をぶらさげた小舟が近づいてきました。どうですかと言って、お酒・つまみ・だんごなどを売っていました。同じツアーの方がおだんごを買ってくださり、皆さんで少しずつ分け合っていただきました。「ありがとう、おいしかったね」と言いました。

お店の方も上手に商売されると思いました。

遊覧船の次は、宝厳院の紅葉の庭園を見学しました。嵐山の鮮やかな紅葉はきれいでした。

庭一面が紅葉で、赤い絨毯を敷きつめた上を歩いているようで、なんとも言えない気持ちになりました。このお寺は、私の知っているお寺で小僧さんをした方がいらっしゃいます。現在は立派になられ、住職となった和尚さんに、もうお目にかかっても、お忘れだろうと思います。いや「おめでとう」とひとこと言えたら……と思っていました。

私が一人だったら、近くのお寺へ顔出しにと思って、そのツアーに参加したのですが、そこで出会った方から、「小倉百人一首殿堂、時雨殿へ入ろう」と言われ、時雨殿へ行くことにしました。時雨殿は、また、楽しいところで、誘ってくれた方にありがとうと言いたい気持ちでした。「百人一首」に詠われている場面がジオラマで再現されていて、目の保養と言えばいいのか、とても美しく感じました。

うちかけなどを着て記念写真を撮るところがあって、順番が来ましたと言っていただき、二人で申し込みました。衣装を借りて私達も記念写真を撮っていただきましたら、「紫式部さんのように美しく撮れたかしら」と言い合ったけれど、それは、写真ができたあとのお楽しみといったところでした。

それからブラブラとして、お土産を買って、バスで帰りました。

紅葉の絨毯の上を歩いている、なんだか夢のような気持ちで、お庭を拝観させていただき、とても美しい光景でした。ふるさとに帰ったような、よい思い出を作ることができました。

二〇一三年九月には、嵐山も水害に遭われて大変なようでした。私もテレビのニュースを見て、どうなっているのかと気になり、心配になって、あるお寺へ電話しましたが、大丈夫とのことでした。毎日電話の対応に追われているとのこと。奥さんもお元気でしたので安心しました。

私は今でも、和尚さんや奥さん、奥さんのお母さんのことを思い出していますよ。

第四章　小学校の子供達

見回り見学

　ある日、「おじゃまる」に行くと、「近く、小学校へ『見回り見学』に行く予定なので、参加できる方は、当日校門に十二時三十分に集合お願いします」と言われました。その日、私も参加しました。子供達の見守りのお仕事に従事されている方と私達とで、十五名ほどだったと思います、その時に、住所・氏名を書いてくださいと言われたので記入しました。その名簿は校長先生に渡されました。

　校内放送で、「これから、おじゃまる広場の方達が見て回られます。挨拶をしてください」と流れました。私達は三人ほどの組になり、順番に一年生から六年生までの教室を見て回ります。子供達は、私達の顔を見るなり気持ちよく「こんにちは」と言ってくれました。

　中には、私に「上野のおばちゃん、こんにちは」と言う子がいます。以前、近所に住んでいた子達でした。「よく覚えていてくれたね、ありがとう。お母さんによろしくね」と言って別れました。また、他の女の子が「おばちゃん、前にバスで一緒だっ

料金受取人払郵便

新宿局承認

1974

差出有効期間
平成30年7月
31日まで
（切手不要）

郵便はがき

160-8791

843

東京都新宿区新宿1－10－1

（株）文芸社

愛読者カード係 行

ふりがな お名前		明治 大正 昭和 平成 年生 歳	
ふりがな ご住所	□□□-□□□□	性別 男・女	
お電話 番 号	（書籍ご注文の際に必要です）	ご職業	
E-mail			

ご購読雑誌（複数可）	ご購読新聞 新聞

最近読んでおもしろかった本や今後、とりあげてほしいテーマをお教えください。

ご自分の研究成果や経験、お考え等を出版してみたいというお気持ちはありますか。

ある　　ない　　内容・テーマ（　　　　　　　　　　）

現在完成した作品をお持ちですか。

ある　　ない　　ジャンル・原稿量（　　　　　　　　　　）

書　名			
お買上 書　店	都道　　　　市区 府県　　　　郡	書店名 ご購入日	書店 年　　月　　日

本書をどこでお知りになりましたか?

1.書店店頭　2.知人にすすめられて　3.インターネット(サイト名　　　　　　)

4.DMハガキ　5.広告、記事を見て(新聞、雑誌名　　　　　　)

上の質問に関連して、ご購入の決め手となったのは?

1.タイトル　2.著者　3.内容　4.カバーデザイン　5.帯

その他ご自由にお書きください。

(　　　　　　　　　　　　　　　　　　　　)

本書についてのご意見、ご感想をお聞かせください。

①内容について

②カバー、タイトル、帯について

弊社Webサイトからもご意見、ご感想をお寄せいただけます。

ご協力ありがとうございました。

※お寄せいただいたご意見、ご感想は新聞広告等で匿名にて使わせていただくことがあります。

※お客様の個人情報は、小社からの連絡のみに使用します。社外に提供することは一切ありません。

■書籍のご注文は、お近くの書店または、ブックサービス(0120-29-9625)、セブンネットショッピング(http://7net.omni7.jp/)にお申し込み下さい。

た私よ」と言ってくれました。「もう一人、一緒だった子がいたわね?」と聞きますと、その子を呼んできてくれました。こうして話をしてくれますと私も嬉しくなりました。

そこへ男の子が来て、「おばちゃん、どこかで逢ったよね」と言いながら、三、四人ほどが肩を組んでいます。「勉強頑張ってくださいよ。またお逢いしましょう」と言って、手で「タッチ」をして別れました。

順番に教室を見て、担任の先生に挨拶をしながら、ありがとうございましたとお礼を言って帰ってきました。

可愛い子供達を見ていますと、私も気持ちが楽になり、心が救われるように思います。

また、別の日に「おじゃまる」の会長さんと二人で小学校へ行きますと、名札を作っていただきました。校長先生が「各自で持っていてください」とおっしゃるので、首から名札を提げました。すると、子供達が私の名札を見て、「上野さんのおばちゃん、こんにちは。僕ね、食事みんな食べたよ」と言ってきます。「おいしかった？」と聞くと、「うん」と言っていました。歯をよく磨いてね、と言うと、「ハイ」と元気に答え、磨いていました。

私も子供達と肩を組み、タッチをして、元気をもらって帰ってきました。毎日でも小学校へ行きたいと思いました。私は当地に来てから子供達と接することがありませんでしたが、こんなに子供達との交流を持てるようになったのも、「おじゃまる」に入会させていただいたおかげです。

昼休み、ふれあい隊

小学校で十三時五分からは「昼休みふれあいタイム（各教室、廊下、図書室、運動場など）」で、十三時三十分～四十五分は「清掃タイム」です。私達は、名札、エプロン着用という注意書きのある予定表でした。

三名ずつのメンバーを組んで、十三時五分頃に集まり、校舎へ入り、各教室を見て回ります。教室を見ますとどの教室も、給食を済ませて机と椅子を後ろに寄せ、清掃のできるようにされていました。

順番に回っていますと、まだ給食を食べている児童がいたので、「どうですか？　残っていますが、食べられないの？　嫌いなの？」と話を聞いてみました。すると、女の先生が私に椅子を持ってきてくださいました。児童の話を聞いてやってください、と言われました。

給食の中に入っているものが嫌いなようでした。子供さんも私も、先生も理由がハッキリして、安心できました。先生に、ありがとうございましたとお礼を言って次の教室へ回りました。

児童達に挨拶をして回っていますと、上級生の児童さんから、「〇〇さんは、今日来ていないの？」と聞かれました。「当番の順番になったら、来られるよ」と答えました。〇〇さんとは、「おじゃまる」ボランティアの大先輩で、今、小学校の高学年の子達を幼児の時からお世話をされていた方です。

お昼休みが終わり清掃の時間になり、児童達が教室と廊下の清掃をしているのを見て回り、先生も教室を指導されていました。

私も教室を見て、「まだゴミが散らかっているよ」と言ってホウキとチリ取りを持って手伝いました。また、廊下でもゴミを拾ってチリ取りに入れてのお手伝いをしました。

「これで美しいね」と言うと、先生と児童から、ありがとうございましたとお礼を言われました。どの教室も、少しだけお手伝いをして回りました。児童さん達がこれまでより上手に清掃ができるようになったと思います。

ある日、実験室の清掃を男子児童が頑張っていました。その時、私も少しだけ手伝いますと、ありがとうございましたと言ってくれました。私は男の先生に、「実験室を男子児童が一生懸命、清掃していましたよ。褒《ほ》めてやってください」とお伝えしました。

先生も嬉しそうに、「そうですか、ありがとうございます。わかりました、児童に話します」と言われました。

小学校はあと二週間ほどで給食終了となり、三学期も終わりに近づきます。

私も一年間、会長さんや先輩の皆さんと一緒に学校の見回りに参加させていただき、先生や児童達との交流が楽しかったです。
顔を見るなり、こんにちはと笑顔で挨拶をしてくれた児童達、ありがとう。これからもお逢いした時は、「おばちゃん、こんにちは」と声をかけてくださいね。

先日、校長先生と教頭先生ともお話ができて、よい思い出を作っていただきました。平成二十八年度も四月から参加させていただけたらと思っています。また、児童達とお話しできるのを楽しみにしております。

一昨日のこと、小学校からの電話がありましたが、間違い電話のようでした。「おじゃまるでお世話になっていますす上野ですが?」と言いますと、先生が「すみません、押し間違いでした。一年間、お世話になりましてありがとうございました。来年度もよろしくお願いします」と丁寧に言ってくださいました。私も、「間に合わぬことばかりでしたが、今後ともお世話になります」とお礼を言って、先生方によろしくお伝えくださいと言いました。お話しできて嬉しかったです。

児童の皆さんは、学校に限らず、地元の人に逢った時は、「おはようございます」「こんにちは」を忘れないでね。春になったら、一つ学年が上がったという気持ちを大切にしてください。

六年生の皆さん、ご卒業おめでとうございます。六年間学んだ母校のことを、楽しかった思い出を胸に抱いて、中学生になっても先生方や下級生のことを思い出して、また励みとしてくださいますように。頑張ってください。

当番で一緒だった友達が、「上野さんは、校長先生や教頭先生に上手にお話ができるね」とびっくりしていました。私は、「先生達のこと、児童達のことを、思ったこと、気づいたことなどを話しただけなのですよ」と友達に言いましたが、「上野さんのようには真似できない」と言われました。

私って人さまより変わっているのかなあー。

「上野さん、今日は学校の中を歩き回ったし疲れたでしょう。家までお送りさせてください」と言われ、友達に甘えて家まで送っていただきました。本当に優しい方だと思い、嬉しかったです。ありがとうございました。

小学生との会話

お使いに行く時、登校する小学生達と一緒に話しながら歩いていきました。「おばさんも学校まで一緒に行ってもいい？」と聞くと「いいよ」と答えます。

一人の児童が私に、「おばさん、おばあちゃん、どっち？　独身、結婚しているの？　子供は？」と言いました。私は、「もうおばあちゃんよ。子供いるよ」と言いますと、「孫は？」と聞かれましたので、「いないよ」と言うと、その子は「フーン」と言いました。「おばあちゃんとこへ遊びに来てくれるかな？」と言うと、「うん」と答えてくれました。

この子は学校から家に帰って「ただいま」と言っても、家族は出ていて返事がない状況のようでした。「おかえり」と言ってほしいのではないだろうか、という直感がしました。

児童さんと話をしていると学校の門まで来ました。

「おばあちゃんは、明日学校へ行くからね。では帰るよ」と言うと、「バイバイ」と言いながら、元気よく校門を入っていきました。

やはり、家に誰もいないと寂しいのかなと私は思いました。

その子に限らず、どのお子さんも元気で学校での生活を楽しんでいますが、家に帰ると「ただいま」「おかえり」の合い言葉のような会話がほしいのではないでしょうか？

少し寂しいね。その児童さんの気持ちもわからないでもありません。どのように考えたらよいのかと思いました。それぞれ家庭の事情もありますし、どうとも言えない心情です。


あくる日、学校へ行きますと、昨日の子に逢いました。私の顔を見てニコニコして、こんにちはと挨拶をし、タッチをして、元気に運動場へ遊びに行きました。

覚えていてくれたのだと、私も嬉しかったです。本当の孫に逢えたようでした。

いつの日だったか、散歩に出ようと少し歩いていますと、低学年の児童が、「おばちゃん、家まで送ってほしい」と言いました。どうしたのと聞きますと、児童同士で、何か口喧嘩でもしたようで、悲しそうでした。家まで送って、「もう大丈夫？」と聞きますと、「うん」と答えます。「ママはお仕事でいないの？　一人で大丈夫？」と聞きますと、「おばちゃん、ありがとう」と言って家の中へ入っていきました。ただ、お庭には花がたくさん咲いていて、とても癒やされるような気持ちでした。

その子は家からすぐ出てきて、花に水やりをすると言っていました。少し寂しいような感じでしたから、もっと話し相手になってあげればよかったと、今になって悔やまれます。

私が田舎から京都の上賀茂に出て、半年ほどアパートに住んでいた時に、ご近所に「子供を守る家」と書いたタペストリーを門に下げた家がありました。

田舎ではそんなことがなかったし、なぜなのかと思いましたら、近所の奥さんが話をしてくれました。「お母さんが仕事に出かけて、子供さんが家に帰っても誰もいない場合、我が家で預かっています。そのためのタペストリーです。子供が来て少し賑やかになりますが、ご理解ください」と言われ、それはよいことだと思いました。

三重県のこの地にも「子供を守る家」のタペストリーを門に下げている家がありま
す。話を聞きますと、「かけこみ寺（?）と同じ」という感じだそうです。
ある男性が、私に「お宅は留守が多いから、子供を守る家になるのは無理やなあー」と言われました。
本当、そうかもしれない、なるほどと納得しました。でも、家の前を通る子供達の安全のために、薄暗くなると門灯をつけるようにと言われ、実行しています。

第五章　一日十人と話す

同窓会にて

私が当地、名張へ来て三年ほど経った頃だったと思います。田舎の次男から転送郵便が送られてきました。それは、中学校の同窓会の通知でした。次男にありがとうと電話すると、「おかあー、これまで行かれなかったのだから、どんなことかわからんが、出席として出しや」と言ってくれました。

「そうやな、一度行ってみようか。親切にありがとう」と言って電話を切りました。私も田舎にいる時は、中学校の同窓会の通知も見て見ぬふりをしていました。一度も行けとも言ってもらえずじまいでした。

手紙を見ますと、田舎の同じ地区の方の名前が書いてありました。でも、顔を覚えていないし、と思いながら「出席」として出しました。皆さんに逢うまでは、落ち着かない日々を過ごしました。

あと何日と言っている間に、その日がやってきました。会場は京都駅の近くでした。

私は「初めてです。三重から来ました」と受付で言いまして、会費を支払い、何か番号の書いた紙をいただきました。それは席を示す番号でした。

会場へ入りますと、たくさんの方でびっくりしました。だいたい京都市内に住んでおられる方ばかりでした。テーブルに私の名前がありました。幸い同地区の方がおられ、その方とお話をさせていただきました。

「中学校の先生は」とか「同級生の○○さんはどうされていますか？」などと話をしていますと、時間が早く過ぎるように感じました。

食事をしながらの時間も、アッと言う間でした。久しぶりにお話もでき、嬉しかったです。たくさんの方が出席されたのだと感心しました。会場を出た時に、「三重から来られたのですね」「遠いところからありがとうございました」と言われて、私も「お世話になり、ありがとうございました」と言って帰ってきました。帰ってから、幹事さんにお礼の電話をしました。本当に楽しかったです。

用事があり、名張市内を歩いていた時、「アラ」と声がしました。あるお店でパートをしておられる、同じ中学校出身の知り合いです。

「こんにちは、お久しぶりですね。お元気でしたか？　私ね、中学校の同窓会があって京都まで行ってきましたよ」と言いますと、「そうですか」と聞いてくださいました。

「〇〇さんは三年の時、上野さんは一年だったからお逢いしているでしょうね。昔の面影が全然ないからわからないね」「今は同級生五人が、お互いにお食事会当番をして、我が家へ寄ってくださったのよ」などと話してくださいました。

「長いこと、手をとめてすみませんでした」と言って帰ってきました。

私は田舎にいる時から、その方が言っていたような、同級生と会うという楽しみがありませんでした。今回の同窓会が初めてだったのですから。

でも、同郷のあの方とは、どこでどうやって知り合ったのかしらと、記憶をたどってみるのですがわからず、本当に不思議に思うくらいです。

名張へ来て一人でも知り合いができるということは、私にとっては宝のようなもの、嬉しいことです。オーバーなことですか？

お電話番号も、お聞きしました。ちょっと心が寂しくなったら連絡してみようかな？　お姉さんに甘えているのかな……？

翌年、中学校同窓会の通知が来ました。今回も出席の通知を出しました。前回と同じ場所でした。とりあえず皆さんにお逢いしてからのことで、どのようになるかと思っている間に、その日がやってきました。

「あー、去年と同じところまで来た」と思いながら、会場へ行きました。私を覚えておられた方が、こんにちはと挨拶をしてくださいました。私もこんにちはと挨拶をして受付で会費を払って、席の番号を書いた紙をいただきました。

配られた資料を見ながらお話を聞きました。今回は少し慣れ、横の方とお話をすることができました。でも、なんとなく気が進まないことがありました。とはいえ、前回と同じように、「三重から来てくださったのですね。遠いところからありがとうございました」と言ってくださいました。私も「お世話になり、ありがとうございました」とお礼を言いました。

実は私は、まだ違和感が残って、田舎での昔の出来事がもやもやとして胸に突き刺さるように感じ、「いつまで背負い込むの？」と言われそうで苦しかったのです。

ある日、同窓会で、お目にかかった方から電話がかかってきました。「三重県から京都の実家まで、何時間かかるの？」と言われ、「四時間ほどです」と言いました。その方は三重県に親戚があると言われたので、「場所は？」とお聞きしますと、言葉を濁してはっきりおっしゃいませんでした。

「もし、京都へ来られたら、○○の家まで立ち寄ってください」と言われましたが、私は「高速自動車道で行きますから」と暗に断りました。それからは何も連絡が来なくなりました。息子に話すと、なれなれしくしないようにと言われました。

それからは何事もありませんでしたが、また、別の方からよく電話がかかるようになりました。息子に言って電話機を買い替えようと話しまして、電話番号も変わり、それ以後、同窓会に行くのをやめました。

何が原因なのか、落ち着かなかったのです。なぜかしらね？

現在は思い出すのもいやで、苦しくなるばかりです。これからは、自分という人間を取り戻そうと思います。

私はこの地で、子供達を相手にしている時が、一番楽しい。来年度も頑張りましょう、と気合を入れる私です。来年度ではなく、今も大切な時間ですね。悪い頭をひねりましょう。

もう春です。我が家の裏庭に、つくしが伸びて、背くらべしていますよ。草抜きするのに頭が痛いなあ……と思う私です。もう落ち着きました。頑張ります。

出逢えた喜び

私が散歩している時、もう日暮れ時のこと、知り合いにばったりと出逢いました。「お久しぶり、お元気でしたか?」とお互いに話しまして、「何か、サークルに入っておられるのですか?」と聞かれました。その時、私は何を話したのかな。「お里はどこですか?」と聞かれ、「京都ですよ」と答えたけど、あれ? 前にお話ししていなかったかな?

「上野さん、京都弁で何かお書きになったら? おおきに、とか、そうどすえなんて」などと言いながら、三十分ほど笑いを交えてお話ししました。

「あなたとお話していると楽しいですが、早く時間が経つわ。もう帰りますわ。またゆっくりとお話いたしましょう」と言って帰ってきました。楽しく、また憎めない方で、とりとめのないお話でも愉快になり、笑いっぱなしでした。当地に来て、これだけ楽しくお話しできたのは初めてで、嬉しかったです。

今、本を書いていることは言えませんでした。「本当にあなたが書いたの？」と驚かれるまで内緒にしていようと思っていました。

一ヶ月ほど経ってから、「私の二冊目の本を読んでください。これ、プレゼントよ。仲よしの印です」と言って渡しました。

相手も、「ありがとう。読ませていただくわ」と受け取ってくれました。

一週間ほどして、スーパーでお目にかかり、「本読ませてもらったわよ。上野さん、上手に書かれていましたね。いつ書くの？　昼ですか、夜ですか」と聞かれました。また、「上野さん、あなた苦労したのね。大変だったね。私が近くだったら、話し相手になってあげたのに。……と思っても京都と三重じゃ無理ね。とにかく無理をしないでくださいよ。これからが上野さんの人生よ。好きなこととして頑張ってくださいね」とか、「これまで、海外や国内旅行も行かれたことですし、よかったじゃないの。

あの本は、本棚に置いて大切にしますよ。ありがとう」と言ってくださいました。私は嬉しかったです。

これからも、道でお逢いした時は、お声をかけてくださいね。お待ちしていますよ。

私は彼女に、「今ね、『おじゃまる』に行っているの。子供さん達のお相手するのが楽しいの。気持ちが落ち着くのよ。あなたもどうですか？」と誘いたくなりましたが、お忙しい方だからと抑えました。「では、またお逢いする日までお元気でね」と言って別れました。とても楽しい方です。

ある日のこと、「ユリですが」と言って、以前住んでいた地域の知人の方から面白い電話がかかりました。

「上野さんね、Aさんをご存じですか？　その方は、ユリの近くに住んでおられたのですが、上野さんの近くの番地へ引っ越しされたのですよ。Aさんがね、上野さんをよく知っている、スーパーでよく見かける、いつでも丁寧に挨拶をしてくれると言って喜んでおられたの」ということでした。

ユリさん、ありがとうね。私にしたら嬉しいことです。人違いかもしれませんが、よいお話でした。もしAさんにお逢いした時には、「これからもどうかよろしくおつき合いください」とご挨拶をいたしましょう。

一人でも多くの方にお話ができるよう心がけたいと思っています。Aさんに早くお目にかかりたいなあ。

この地域も広いようで狭いようで……。

私は、いつも雲の上にいるようなふわふわとした人間ですから、覚えていないとか、近くにいても気がついていないのかもしれませんね。お許しください。私のことをよく言ってくださったAさんってどの方かな？

いつも一人で運動されている男性をお見かけして、お疲れさまですと挨拶をしたり、こんにちはと言ったりしています。

私が買い物バスを待っていますと、その男性が「お出かけですか？」と言ってくださいました。「はい、買い物です」と言うと、行ってらっしゃいと言ってくださり、私も「運動ですか？　お気をつけて」と言いますと、手を挙げて行かれました。男の方であれ、女の方であれ、お逢いしたら挨拶はしております。あとで気持ちが落ち着きますから。心が清々しいですよ。

小さい時の母の教えです。病気がちだった私は、いつどこで、よそさまにお世話になるやもしれないから、と厳しく育てられました。母の教えである「気持ち」を大切にしています。

私は、母との絆の強さに関して誰にも負けないと思っています。そして、それをいとおしく思っています。厳しく優しい母でした……。

買い物をして、バスの時間待ちの時、「あー上野さん、あなたの噂をしていたのよ」と声がかかりました。私は「お待たせしました」と答えます。「噂をすればなんとやらね。ここが上野さんの席よ」と座る場所をあけてくれます。「まあ、ありがとうございます。特等席ですね」と笑いながらのひとときです。親切な方ばかりで嬉しかったです。

「一緒にバスのところまで行くのを待っていたのよ。まだ時間はありますけど、ボチボチ行きましょうか」と言ってくださいました。

バスの乗り降りの時も頭を下げてくださいます。お先にとか、お疲れさま、という言葉が私は大好きです。

名張へ来て間もない頃のことです。

私が、ある公園で石段を上ったり下ったりと足の運動をしていますと、家族で遊びに来ていた見知らぬ親子さんが私に、「おばさん、運動ですか？　頑張ってくださいね」と言葉をかけてくださいました。

ご親切にありがとうございますと、お礼を言いました。懐かしい思い出です。どんなに嬉しかったことか。心の中に収めました。本当にありがとう。

少しずつ道を覚えるのに、バス通りを歩いておりますと、一人の男性に散歩ですかと声をかけられました。「ハイ、そうです。一時間ほど歩いてきます」と言うと、「いいですね。自分は夜七時頃に歩きますよ」と話をしながら看板を立てておられました。

あとから考えると、その男性は警察署の方で、パトロールで見回りに歩かれるのでした。

私がコンビニエンスストアから帰る時にパトロールの方にお逢いして、今晩は、と挨拶をして、お疲れさまですと言って帰ってきました。

当地は坂が多いから歩くのが大変ですが、たまには運動せねばと思い、坂を上っていますと、花の手入れをされている奥さんをお見かけしました。こんにちはと、お互いに挨拶をしました。

「よく草が伸びますね。お水は天からのもらい水ですから、この花は、ほっといても長く咲いていますよ」と話をしていると、「我が家の庭を見てください」と言われて見せていただきました。

雑草がよく伸びるので、ホームセンターでシートを買ってきて敷きましたのよ、と言われ、本当に花も美しく咲き、奥の方にはタヌキの置物がありました。「タヌキさんが見守っていますしね」と言いますと、奥さんが「私、タヌキに身体つきがよく似ているでしょう」と言われ、「いや、それを言われると私だって……恥ずかしいですね」と答えました。

しばらくすると、その奥さんは「誰とも知らずに失礼なこと言ってごめんなさい。私は○○と言います」と名乗られましたので、「私は上野です。よろしくおつき合いください」と言いました。すると、「あなた、いつでも庭に入って見てくださいね」と言うので、私は「ガレージの扉に入場料と書いた箱を取り付けてくださいよ」と返しました。

そんなこと言わずに、いつでもご自由にと言われましたが、「ビデオで見られているのと違いますか？　おタヌキさまが目を光らせていますよ」と言って笑いながらのひとときでした。私もこんなに、のんびりとお話をさせていただいて、とても嬉しかったです。

親切な奥さんに巡り合いました。お忙しいところ、ありがとうございました。

一日に十人とお話をするのはいいことだと聞いたことがあります。

これからも、スーパーの帰りとか、散歩をして、たくさんの方とお話ししたいと思います。

お逢いする人達の優しいお言葉に頷く時もあります。お話をしてくださる方達のひとことと、ひとことが、身にしみて、私の気持ちを楽にしてくださるような感じがします。

その時は、幸せだなあーと、思わずほほえみが浮かんできます。

子育て、頑張って！

スーパーへ行った時のこと、「あれ奥さま、お買い物ですか？」と知り合いの親子さんに声をかけられました。私は「先ほどバスから降りてきましたの」と言いながら、ベンチでひと休みといった感じで話をしていますと、「上野さん、子供さんが小さい頃、悪いことしたら叱りましたか？」と聞かれました。「ハイ。私は田舎だったから、表に出て地面に座らせて叱りましたよ。子供はごめんなさいと頭を下げて、もう悪いことしないよ、と言いました」と答えました。

私には、姑がいました。あまり子供を叱ると、姑に当たっているのかと思われるので、反対に私が困りました。そんな話をすると、子供を育てるというのは難しい、誰にとっても大変なことよねと言い合いました。

彼女も一時は育児ノイローゼのようになったと話してくれました。

家の事情もあり、大変な様子でしたが、「これからも頑張って子育てに専念してくださいよ。もう、こんなに丈夫な子達だもの、気を落とさずに、身体を大事にしてくださいよ。またお話いたしましょうね」と言いながら一緒に買い物をしてから、別れました。彼女は車で来ていて、滋賀の近くまで帰られました。

苦労して子育てしてきたのは私だけではありません。姑、小姑と一緒に生活をしておられる方、また大家族の中で子育てをされている方、いろいろと口にはできない辛い生活の中で、一人で頑張っておられる方々がいます。私には、お話を聞く以外、どうすることもできませんが。

やはり子育てには、家族の援助が必要ではないでしょうか？　私も人に言える立場ではないのですが……でも、頑張っていただきたいと思います。

もう少し買い物をしてから帰ろうとした時、「上野さん」と聞こえたように思い、振り返ると、前に住んでいた隣町の方でした。

まだ幼いお子さんを連れています。

「お久しぶり、まあー可愛い赤ちゃんですね。ここまで、どうして来たの？　車ですか？」と尋ねると、車で来たとのこと。

赤ちゃんを抱っこさせていただきました。すると、ママはにこにこしていました。上野さんと呼んでも聞こえなかったらと不安でしたと言うママの嬉しそうな笑顔を見ていると、私も嬉しかったです。

よく私を覚えていてくれましたねとお礼を言いました。

「あなたね、抱っこする時は左右の腕を交互にして気をつけてね。身体を大切にして、赤ちゃんを育ててくださいね。買い物に来られたのでしょう？　じゃあ一緒に店内を見て回りましょうか？」と誘いました。

別れる時には、「お逢いできて嬉しかったよ。これからも時々お逢いしましょうね。次回は、お互いに電話連絡して来ましょうね」と約束しました。

彼女に逢うのを楽しみにしています。

次にお逢いする時には、お子さんは大きくなっているでしょうね。

私のような世間知らずの者に子供さんのこと、身の上相談のようなことをお話ししてくださるのは嬉しいのですが、役に立っているのでしょうか？

話し相手にはなれていると思うけれど、納得されたのかしらね。私も一応は子育ての先輩として、気がついたことだけはお話しさせていただいたつもりですが……。頼りない私ですが、お許しくださいね。

第六章　私の暮らす町、東北、熊本への思い

二月堂・奈良のお水取り

「おはようございます。いつまでも寒いですね」と行きかう人に挨拶をして、家に入るなり新聞を見ますと、奈良の二月堂お水取りの写真と記事が目に付きました。

二月堂のお水取りが終わらないと暖かくならないと、田舎にいる時からよく聞いていました。暑さ寒さも彼岸までとは、よく言ったものです。もう、これからは暖かくなることでしょう。

以前に、市役所へ行きますと、ロビーに「一ノ井」と書かれ、束ねた木が置いてありました。不思議に思い、受付の人にお聞きしますと、これは、奈良の二月堂へ運ばれる「松明《たいまつ》」でした。

松明の中心部分の木は、大昔から名張市赤目町から運ばれるということを、この年、やっと知りました。私もだいぶ「おくて」ですね、というより気がつかなかったのです。

名張市赤目町の松明講による奈良東大寺への松明奉納で、サポートをしておられる「春を呼ぶ会」が一般参加を呼び掛けていました。元気であれば山道（けもの道）を十キロも歩くということでした。

三月十二日午前五時五十分に市役所前バス停に集合、荒天決行（天候によっては、バスのみで調進行事を実施）。会費は三五〇〇円（バス代、保険料含む）。定員八十人。

松明用の木を極楽寺から東大寺まで運ぶのが、「松明調進」です。その安全を祈願する法要が十日、名張市赤目町一ノ井道観塚と極楽寺でありました。

伊賀一ノ井松明講や、協力団体「春を呼ぶ会」、名張青年会議所のメンバー約七十人が、十二日の道中の安全をお祈りしました。

名張市の伝統行事「松明調進」は、毎年二月、同市赤目町の山中から「樹齢一〇〇年近くのヒノキ」を切り出して松明を作り、修二会《しゅにえ》期間中の三月十二日、来年の祭典用として東大寺に奉納するというもの。七〇〇年以上にわたり奉納されているとのことです。

「松明調進」は、総勢一六〇人以上で笠間峠の山道を歩きます。「春を呼ぶ会」は、名張市にある調進の伝統を守ろうと活動している団体で、毎年、三月十二日の夜明け前に出発する「調進」に、今では県内外から一〇〇人以上の老若男女が参加して、「歴史や伝統を体感できる」という声も聞くとのことでした。代表の方曰く、伝統を受け継ぐという「名張愛」が「元気の素」だそうです。

「春を呼ぶ会」の代表の方と最初にお逢いしたのは「おきつもを語る会」です。沖津《おきつ》藻《も》は、名張市地方の万葉の時代からの名前です。その会では名張市の一万分の一のジオラマを作るのですが、ちょうどジオラマ用の飛行船を作っておられた時でした。竹を細く割り、手作業で組み合わせて糸でくくっていき、糊を付け、紙を貼り合わせて大変な仕事でした。本当に細やかなことをなさると思いました。

休憩の時には、コーヒーとお菓子を買ってきてくださり、私もいただきました。お話もできて楽しいひとときでした。この方が一ノ井の行事の中心となって動いておられるとは思わなかった私です。

私のような者にも親切な方でした。お世話になり、本当にありがとうございました。いつまでもお元気で頑張っていただきたいと思います。伝統を受け継ぐ誇りを胸に!!

桜・春一番のおもてなし

テレビのニュースや天気予報を見ていますと、梅の花が咲いたとか、桜の花が咲いたなど、いろいろ春らしいことばかりです。新聞の折り込みチラシに、桜トンネル、長野県の高遠城址公園の桜、上田城の千本桜まつりなどの広告や、「京都世界文化遺産、桜めぐり」などの旅行案内があります。「清水の舞台から飛び降りる」で有名な清水寺も、桜が見事でしょう。でも、清水坂の参道から上まで登るのも大変な道のりのように思いましたが……。

それに、京都御所春季一般公開が、五日間限定として案内が出ています。京都御所は、御庭園へよく遊びに行きました。同志社の学生さん達が木陰で寝ころんだり、本を読んだりしていたのを見ました。思い出すと懐かしいです。

桜の名所もたくさんありますが、印象的なのは学校の校庭です。私の子供の頃は校庭に必ず桜の木が植えてありました。桜の花が満開の時に記念写真を撮っていただきました。よい思い出です。

今は、チラシを見て、観光バスで桜の名所に出かけます。四月に入ったらどこかへと思っていたのですが、まだまだ無理なようですね。

ある日、買い物をして坂を登っていると、しだれ梅のピンクの花が美しく咲いていて、見とれました。私もぼんやりとしてしまいました……いえ、いつもボケーッとしている私です。誰か肩を叩いてくれたら、しっかりするかなあー。

このへんで、名張の桜まつりのことを書いてみましょう。と言っても、私は名張へ来て十年になりますが、一度も見に行ったことがありません。今年こそ、と思っている間に葉桜になります。

名張桜まつりは、八〇〇本もの桜が咲き誇る中央公園で毎年三月末から四月中旬まで盛大に行われます。桜並木に飾られる提灯の下に、一般参加者が願いなどを書いた短冊を提げますが、そのコンテストがあります。参加者は一枚につき千円の短冊を購入し、自由にメッセージやイラストを描いて、各自で吊るします。

また、毎年桜まつりのサブタイトルが公募で決められます。今年は、宇陀《うだ》市の方が考案された「春いちばんのおもてなし」に決定。春のイベントは市内でも一番大きく、市外から来られる多くの方をおもてなしする点でもぴったりだと主催者は話したとのことです。

そのほか、模擬店やフリーマーケット、ステージイベントなどがあります。ステージイベントはコンテストがあり、参加者は当日のナンバーズ抽選会にも参加でき、また、温泉旅館一泊ペア宿泊券が二組当たるそうです。このような抽選会があることは気がつかなかったし、私は話を聞いたことがなく、驚きました。

つつじが丘にも桜のある公園があり、もう、そろそろ公園の清掃が始まり、花見ということになりましょう。桜の見頃になると、見物客で大賑わいになります。どの公園も皆人気があり、賑やかに宴会が始まります。朝からシートを持っていって、場所取りが始まることと思います。

それこそ「桜のおもてなし」ではないでしょうか？

桜の花が散ったあとを歩いても気持ちがいいですね。

遠くへ桜を見に行かなくても、近くにもいいところがあります。でも、場所によって雰囲気が違いますし、見知らぬ人達とバスに揺られていくのも楽しいものです。上野公園の桜が満開と聞きましたが、どんなでしょう。美しいでしょうね。

梅の花も美しいものです。奈良県の月ヶ瀬梅渓の観光旅行のお話を聞いたことがあります。私も以前に一度行ったことがありますが、とても美しかったのを覚えています。この頃は観光バスが出るくらいだから、立派な観光梅園になっているのでしょう。もう一度、行ってみたいとは思っているのですが……。

田舎で、お彼岸にお客さまが来られた時に、梅の花のつぼみをつけた枝を少しいただいて、箸置きにした覚えがあります。さて、お客さまはどのように思ったかしらね？　今になって考えています。雰囲気が変わって、情緒があったと思いますが、私だけ？

祈りの灯火二〇一六　～五年、そして未来へ～

震災から五年。二〇一六年三月十一日、岩手県盛岡市の中心部にある盛岡城跡公園、もりおか歴史文化館前広場をメイン会場に、東日本大震災追悼行事「祈りの灯火二〇一六～五年、そして未来へ～」が開催されたと知りました。

全国から寄せられた約一万個の灯籠に、中学生、高校生と若いボランティアの皆さん、市民の方々の手で、無事に追悼の火をともすことができました。大変な作業だったと思います。関係者の皆さん、お疲れさまでした。

五年とひとことで言い、大きな壁を乗り越えられたといっても、まだまだこれから、一歩また一歩と大きな山を越えねばなりません。被災地が復興するまで、頑張っていただきたいと思います。五年という節目、いや、あと五年という気持ちで長い道のりですが、皆さんの心、気持ちを一つにして……。

私はどうすることもできません。下手な灯籠を作って送ることしかできませんでした。それこそ数のうちに入れてくだされば幸いです。写真を送ってくださいまして、ありがとうございました。お礼があとになりましたが、お許しください。封を開けて、写真を見た時は、なんだか心がシーンとしました。

年を重ねるごとに、たくさんの灯籠となりますね。上手に並べられて、それぞれの個性がある灯籠でしたね。

祈りの灯火実行委員会の皆さんも身体を大切にして、復興の町作りに頑張ってくださいね。お祈りしています。

二〇一六年三月十一日に、東京を始め各地からお祈りが捧げられている様子を、テレビのニュースや新聞で見ました。当地名張市でも竹の灯籠に灯りをつけて、お祈りしている写真を見ました。また、市議会の場でも、地震発生時刻にお祈りされたようです。

こうしてペンを走らせていますと、当時のことが思い出されます。

また、自衛隊の方が慰問に行かれて、被災地の皆さんと一緒に肩を寄せ合って、歌を歌うところや、隊員の方が家族のことを思い出して涙ぐんでおられた様子がテレビに映っていました。

岩手県宮古市田老の防潮堤の上に、住民の皆さんが手をつないで立ち、地震発生時刻の午後二時四十六分に黙とうされた様子も見ました。東京でも政府主催の追悼式が東京都千代田区の国立劇場で開かれ、遺族や安倍晋三首相、他約一〇九〇人が参列し、地震発生時刻に黙とうされていました。

三重県名張市議会は、市観光大使でギタリストの竹田京右《きょうすけ》さんを招き、初の議場コンサートを開きました。竹田氏は、宮城県のイベント関係者から「音楽で復興支援を」と頼まれ、二年前から同県で四回慰問公演してこられたといいます。議場では震災の追悼も兼ね、ギターの音色だけで演奏されました。伊勢志摩サミットをイメージした作品など、五曲とのこと。

両親を津波で亡くした女子高生を応援する曲「希望」も披露されました。震災の記憶の風化が指摘される中、「微力だが元気を届けたい」と竹田さん。私はこの議会へ行く予定をしていましたが行けなくなり、係の人にお断りしたのです。係の方が、次回の時は、お待ちしていますよと言ってくださいました。今思えば、残念でなりません。次回はどんな議場の催しになるのか楽しみにしています。

被災地が早く復興して、皆さんが元気な姿を取り戻されますことをお祈りいたします。

なぜ地震が起こるのかと、不思議に思えてならないのは、私だけなのかしらね？

やはり頭がうまく働かないのかなあ？　私は幼稚な人間です。

東日本大震災から五年経って、東京や各地でお祈りを済ませたばかりなのに、和歌山県で震度4、大阪梅田で震度4。あべのハルカスの六十階の展望台照明が大きく揺れてエレベーターも止まり、大変だったと聞きました。三重県沖も震度4で、南海トラフ地震が近づいていると聞きました。

テレビ画面に速報が出て、電話に知らせがあり、「緊急地震速報です」となった直後に少し揺れました。名張は震度1でした。最初は、またかとびっくりしました。当地は軽くて済みましたが、和歌山県は大変だったと思います。


また、四月十五日の新聞を見て、前夜午後二十一時二十六分に熊本県に震度7、M6・5の地震があったことを知りました。総合体育館に四〇〇人が避難され、二日目の夜は頭がボーッとして不安な夜を過ごされたとのこと。買ったばかりの車が一夜のうちに家屋の下敷きになり、揺れで天井が落ちてきて、台所までなんとか下りてきて、その後、近所の方に助けられたという方の報道がありました。

また、生後八ヶ月の赤ちゃんが、六時間後に助けられました。奇跡の救出でした。

本当によかった、よかった。町内各地で道が陥没して、店の中に物が散乱しているのも見ました。熊本城の瓦も落ち、シャチホコも落ちてなくなっていました。阿蘇山に達した亀裂の下に活断層があるというテレビを見ていると、びっくりしました。

また、車中泊など、同じ姿勢で長時間座っていると、手足がうっ血して静脈に血の塊「血栓」ができるというのも知りました。エコノミークラス症候群による危険性が指摘されています。水分を補給し、運動をしないと血管が詰まり、血塊となるそう。でも、小さい子供と一緒に避難所へ行くのも気が引けるという声もありました。保健師の方が避難所へ行って、身体を動かす運動を教えておられた場面も見ました。

当地から被災者に力を届けるため、名張市は二十日、支援物資として、市の備蓄倉庫からトイレットペーパー、飲料水、粉ミルクを市のマイクロバスで運びました。出発式で市職員の方は、「余震が続く中、注意して運びます。被災者に力を注げるよう頑張りたい」と話されました。

熊本市と名張市は、福祉自治体ユニットの加盟市でもあるのです。道中、無事にとお祈りしました。

著者プロフィール

上野 明子（うえの あきこ）

1940年、京都府生まれ。

二人の男子の母親。

趣味は旅行、料理、園芸など。

著書に『我が生い立ちの記―つれづれに』（2007年12月）、『山あり、谷あり　我が茨の人生』（2009年12月）、『夢をつむいで』（2011年12月）、『根を下ろして生きる』（2014年９月、すべて文芸社）がある。

日々なないろ　心の絆

2016年11月15日　初版第１刷発行

著　者　上野 明子
発行者　瓜谷 綱延
発行所　株式会社文芸社
〒160-0022　東京都新宿区新宿１－10－１
電話　03-5369-3060（代表）
03-5369-2299（販売）

印刷所　株式会社フクイン

ISBN978-4-286-17597-3